아기 판다 푸바오

아기 판다 푸바오

초판 제1쇄 발행일 2021년 7월 20일
초판 제13쇄 발행일 2023년 12월 1일
글·사진 에버랜드 동물원
발행인 윤호권 발행처 (주)시공사
주소 서울시 성동구 상원1길 22, 7-8층
전화 문의 02-2046-2800
홈페이지 www.sigongsa.com / www.sigongjunior.com

글·사진 ⓒ 에버랜드 동물원, 2021

이 책의 출판권은 (주)시공사에 있습니다. 저작권법에 의해
한국 내에서 보호받는 저작물이므로 무단 전재와 무단 복제를 금합니다.

ISBN 979-11-6579-639-6 03810

WEPUB 원스톱 출판 투고 플랫폼 '위펍' __wepub.kr
위펍은 다양한 콘텐츠 발굴과 확장의 기회를 높여주는
시공사의 출판IP 투고·매칭 플랫폼입니다.

장난꾸러기 푸바오의
성 장 포 토 에 세 이

아기 판다 푸바오

에버랜드 동물원 글·사진

시공주니어

동물원에서 일한 지 어느덧 30년이 넘었습니다. 인생의 반 이상을 동물들과 함께 생활한 셈이지요. 어려서부터 동물을 좋아한 저에게 사육사의 일은 적성에 잘 맞았고, 그동안 함께 생활한 동물들은 수많은 추억과 행복을 선물해 주었습니다. 그중에서도 아기 판다 푸바오를 만나게 된 것은 사육사 생활에 있어서 가장 큰 축복이라 할 수 있지요.

2020년 7월 20일 밤, 아이바오의 힘겨운 진통이 끝남과 동시에 건물을 뒤흔드는 듯한 우렁찬 목소리가 들려오더니 아기 판다가 태어났습니다. 이날만을 기다리며 함께 준비해 온 팀원들과 저는 서로 얼싸안고 함성을 질렀습니다.

판다를 처음 만난 때는 1994년이었습니다. 판다와의 만남은 그 자체가 신비롭고 경이로웠습니다. 그때부터 판다의 매력에 빠져 아기 판다를 직접 번식하고 키워 보는 것이 제 인생의 목표가 되었습니다. 판다는 서로 좋아하는 짝을 찾아 짝짓기하는 것부터 임신, 출산, 성장까지 모든 것이 까다롭고 예민한 동물입니다. 그래서 사전에 철저한 준비와 공부를 필요로 했지요. 다행히 아기 판다는 197g으로 건강하게 태어났고, 엄마 판다 아이바오의 정성 어린 보살핌으로 튼튼히 잘 자라고 있습니다.

많은 분들이 아기 판다 푸바오를 사랑해 주셔서 제 마음이 행복합니다. 지치고 힘들 때 푸바오를 보면 마음이 편해지고 절로 미소가 지어진다는 이야기를 들으면, 푸바오의 할아버지로서 뿌듯한 마음까지 들지요.

판다라는 신비하고 놀라운 생명체를 만나면서 자연의 위대함에 다시금 고개가 숙여집니다. 동물이 살 수 없는 곳에서는 인간도 살기 힘듭니다. 그래서 동물과 인간이 아름답게 공존하는 세상을 위해 오늘도 고민하고 행동으로 옮길 것들을 생각합니다.

앞으로 푸바오는 무럭무럭 성장해 언젠가 자연으로 돌아갈 것입니다. 한국에서 처음 태어난 푸바오의 성장 과정이 담긴 이 책을 통해 우리는 영원히 아기 판다 푸바오를 기억할 수 있겠지요. 자연의 일부인 동물과 인간이 함께 어우러져 행복하게 살 수 있는 날을 꿈꾸며, 푸바오와 함께하는 소중한 순간들을 차곡차곡 눈과 마음에 쌓아 두렵니다.

사육사 강철원

Contents

Part 1

아기 판다가
태어났어요

막 태어났을 때의 모습. 몸무게 197g, 몸길이 16.5cm, 암컷.

01

197g으로 태어난 분홍빛 아기 판다

2020년 7월 20일 밤 9시 49분.

아이바오(우)와 러바오(♂) 사이에서 아기 판다가 태어났습니다. 엄마와 아빠가 사랑을 나눈 지 121일 만의 일이었지요. 우리나라에서 처음 태어난 1호 아기 판다! 그 순간을 떠올리면 아직도 가슴이 두근두근합니다. 막 태어난 아기 판다의 몸은 아주 작은 핑크빛입니다. 우리가 늘 보던 하양 깜장 판다의 모습이 아니지요. 하루하루 지날수록 하얀 털이 자라고 귀와 눈, 앞다리와 뒷다리가 조금씩 까매집니다. 눈을 뜨기 전까지 아기 판다는 오로지 후각과 촉각으로만 주변을 느끼지요. 세상과 처음 만난 아기 판다는 무엇을 듣고 무엇을 느낄까요?

02

Baby Panda Fubao

세계에서 가장 빨리 눈을 뜬 판다

보통 판다는 40일 정도 지나야 눈을 뜹니다. 하지만 푸바오는 왼쪽 눈은 15일 만에, 오른쪽 눈은 18일 만에 떴지요. 세계에서 가장 빨리 눈을 뜬 판다입니다. 눈을 뜨긴 했지만, 시력이 발달되지 않아 아직 볼 수는 없어요. 그래서 오직 냄새와 촉감으로만 엄마를 찾습니다.

03

Baby Panda Fubao

꼬물꼬물 끙끙, 엄마 어디 있어요?

아기 판다는 아직 기어 다니지 못할 때라 엄마에게 스스로 다가갈 수 없습니다. 그래서 배가 고프거나 도움이 필요할 때는 소리를 내어 엄마에게 신호를 보내지요. 몸의 다른 부분은 모두 검은색으로 변했는데, 단 한 군데 변하지 않은 곳이 있습니다. 어딘지 보이나요? 바로 코 부분이에요. 코는 4개월 정도 지나야 검은색으로 변한답니다.

04

Baby Panda Fubao

우리 아기, 건강하게만 자라다오!

엄마 판다 아이바오가 아기 판다를 안고 구석구석 핥아 줍니다. 몸을 깨끗하게 닦아 주면서 마사지를 해 주는 것이지요. 아기 판다는 4개월 전까지는 스스로 응가를 하지 못해요. 그래서 엄마의 마사지로 똥이나 오줌을 누게 된답니다.

05

Baby Panda Fubao

하루 23시간씩 쿨쿨

아기 판다는 하루에 23시간씩 잠을 잡니다. 엄마랑 자는 모습이 똑같죠? 잠보 아기 판다는 엄마 젖을 먹고 잠을 충분히 자면서 하루가 다르게 쑥쑥 성장하지요. 쌔근쌔근 잠든 아기 판다의 모습이 꼭 아기 천사 같습니다.

06

Baby Panda Fubao

100일을 맞은 아기 판다 푸바오

100일이 되면서 눈동자가 아주 초롱초롱해졌습니다. 시력을 갖게 되면서 주변을 또렷이 볼 수 있게 되었지요. 100일을 맞아 아기 판다의 이름도 생겼습니다. 이름은 푸바오! '행복을 주는 보물'이라는 뜻이에요.

TEMPERATURE

CLOCK/HUMIDITY
HTC-1

① 온습도계
분만실과 인큐베이터의
온도, 습도 체크

② 애착 인형
인큐베이터에서
건강 검진 시
안정을 주기 위한
판다 인형

SF-400C

HOLD PCS

OK MODE TARE

Electronic Compact Scale

③ 미세 저울
푸바오의 신생아기 체중 측정

④ 배냇 이불
건강 검진 시 인큐베이터 내부에
깔아 준 최초의 이불

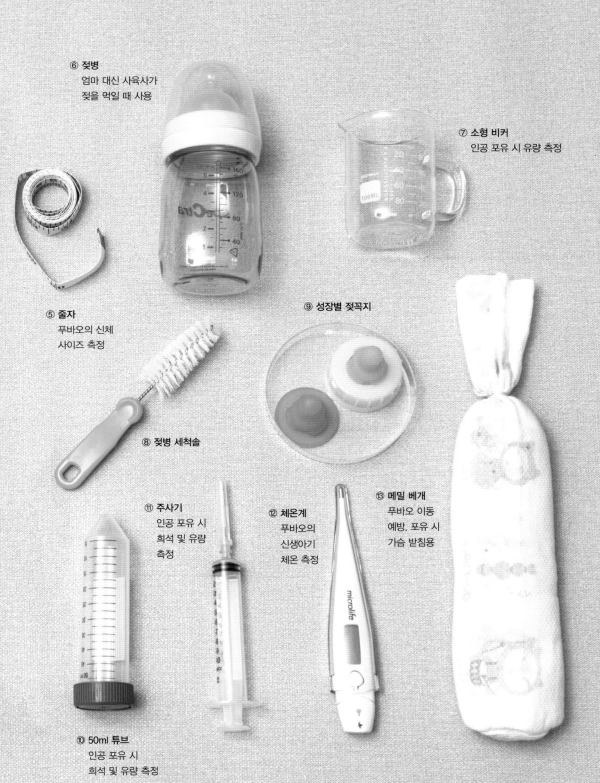

⑥ 젖병
엄마 대신 사육사가
젖을 먹일 때 사용

⑦ 소형 비커
인공 포유 시 유량 측정

⑤ 줄자
푸바오의 신체
사이즈 측정

⑨ 성장별 젖꼭지

⑧ 젖병 세척솔

⑪ 주사기
인공 포유 시
희석 및 유량
측정

⑫ 체온계
푸바오의
신생아기
체온 측정

⑬ 메밀 베개
푸바오 이동
예방, 포유 시
가슴 받침용

⑩ 50ml 튜브
인공 포유 시
희석 및 유량 측정

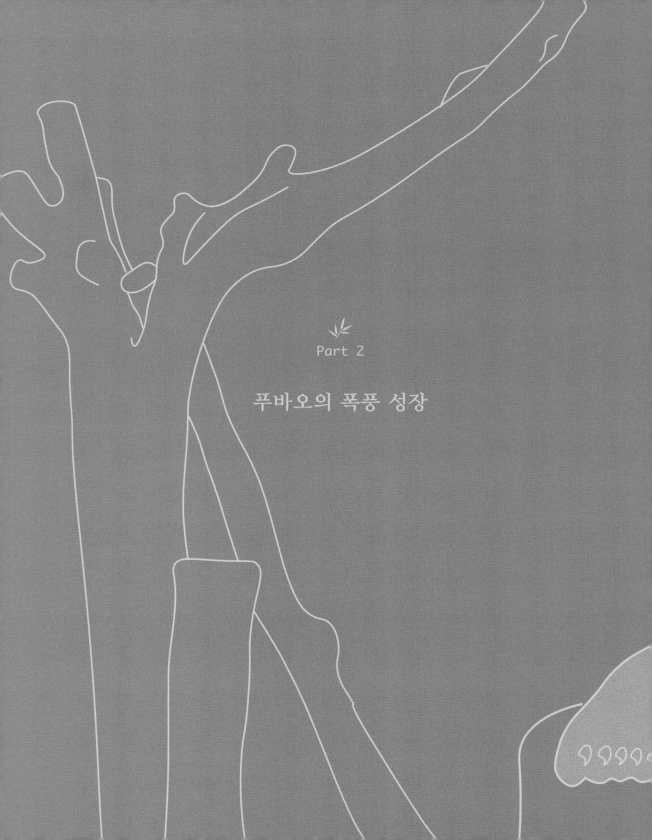

Part 2

푸바오의 폭풍 성장

07

Baby Panda Fubao

세상으로의 첫발

엄마 판다와 4개월 동안 분만실에 있다가 처음 바깥세상으로 나온 푸바오.

세상 모든 것이 처음인 푸바오에게는 신선한 공기, 파릇한 풀, 바삭거리는 나뭇잎, 촉촉한 흙 등이 새롭기만 합니다.

08

Baby Panda Fubao

엄마랑 노는 게 제일 좋아!

엄마와 함께 노는 푸바오의 모습이 정말 즐거워 보이지요? 모든 게 신기하기만 한 아기 판다 푸바오. 엄마 아이바오는 푸바오가 위험하지 않게 주변을 먼저 꼼꼼히 살핀답니다.

따로 생활하는 아빠 러바오가 푸바오의 장난감을 품에 안고 냄새를 맡는 모습.

09

Baby Panda Fubao

푸바오는 장난꾸러기

태어난 지 5~6개월이 되면서 푸바오의 장난이 부쩍 심해졌습니다. 움직임도 활발해지고 세상에 대한 호기심이 아주 높아졌지요. 일어서고, 매달리고, 올라가고, 뛰어내리고, 푸바오는 하루 종일 바쁩니다. 그러다가 엄마한테 혼나기도 하지요.

나무 타기 연습

아기가 걸음마를 배울 때 넘어졌다 일어나기를 반복하는 것처럼 아기 판다도 끊임없이 나무에 오르고 매달리고 떨어지기를 반복합니다. 하지만 푸바오는 절대로 두려워하거나 포기하는 법이 없습니다.

11

Baby Panda Fubao

엄마 따라쟁이 푸바오

푸바오는 엄마가 먹는 대나무를 몹시 궁금해합니다. 엄마의 행동을 흉내 내며 대나무를 입에 대 보고 냄새도 맡아 봅니다. 사실 아기 판다 는 1년 이상 엄마 젖을 먹으며 성장합니다. 처음부터 대나무를 먹지는 못하지요. 억센 대나무를 먹기 위해선 소화 기관이 발달해야 하거든요. 9~10개월 정도는 되어야 대나무를 조금씩 먹을 수 있답니다.

Part 3

나무 위가 좋아요

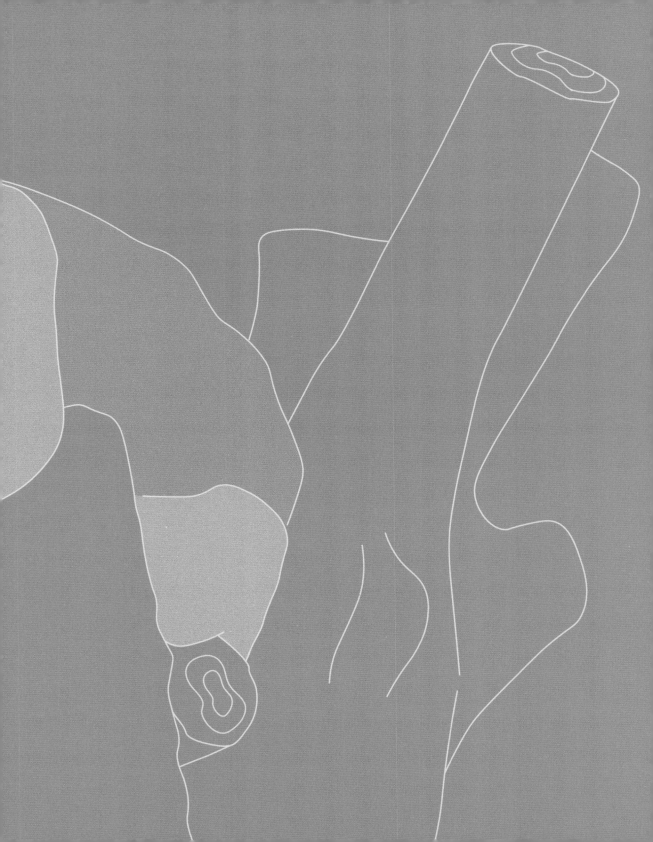

12

Baby Panda Fubao

엄마 나무는 이제 내 거!

판다는 높은 나무를 좋아합니다. 천적들로부터 몸을 지킬 수 있는 안전한 곳이거든요.

엄마 아이바오가 5년 동안 매일 잠을 자며 지내던 나무 위에 푸바오가 올라가 있습니다. 엄마가 기꺼이 딸에게 양보해 주었지요. 푸바오가 나무 위에 있으면 엄마 판다는 나무 아래서 딸을 지키며 안심하고 대나무를 먹습니다.

13

Baby Panda Fubao

엄마, 더 놀아 줘요

장난꾸러기 푸바오는 끊임없이 엄마랑 놀고 싶어 합니다. 엄마는 대나무와 워토우* 간식을 먹느라 바쁜데 말이지요. 엄마랑 놀고 싶어 하는 푸바오의 간절한 눈빛이 느껴지나요?

*워토우 : 동물원에서 판다를 위해 개발한 영양빵.

14

Baby Panda Fubao

나무 위에서 지내는 시간

푸바오가 나무 위에서 보내는 시간이 점점 길어지고 있습니다. 집에 들어갈 생각도 안 하고 하루 종일 나무 위에 있지요. 한참을 기다리다 지친 엄마 아이바오는 먼저 들어가 버립니다.

나무 위에서 여유를 즐기는 푸바오의 모습이 정말 사랑스럽지요?

15

Baby Panda Fubao

유채꽃 핀 봄날

푸바오의 엄마 아빠인 아이바오와 러바오를 데리러 중국 쓰촨성에 갔을 때 그곳은 노란 유채꽃으로 가득했습니다. 그때의 기억이 선명해서 해마다 봄이 되면 유채꽃을 심어 판다들이 고향을 느낄 수 있게 해 주지요. 다행히 푸바오도 유채꽃을 좋아하는 것 같습니다. 유채꽃을 가지고 장난치고 부러뜨리기도 하는 걸 보면요.

장난꾸러기 푸바오! 할아버지가 언제든 놀아 줄게. 아프지 말고 건강하게 자라렴.

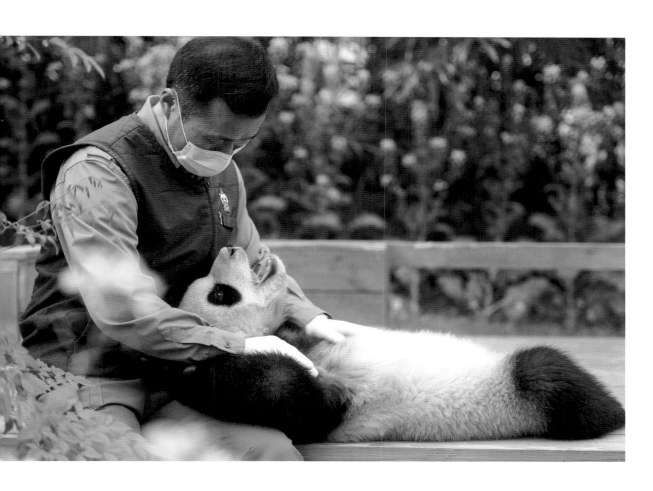

Part 4

더 높은 나무 위
세상으로

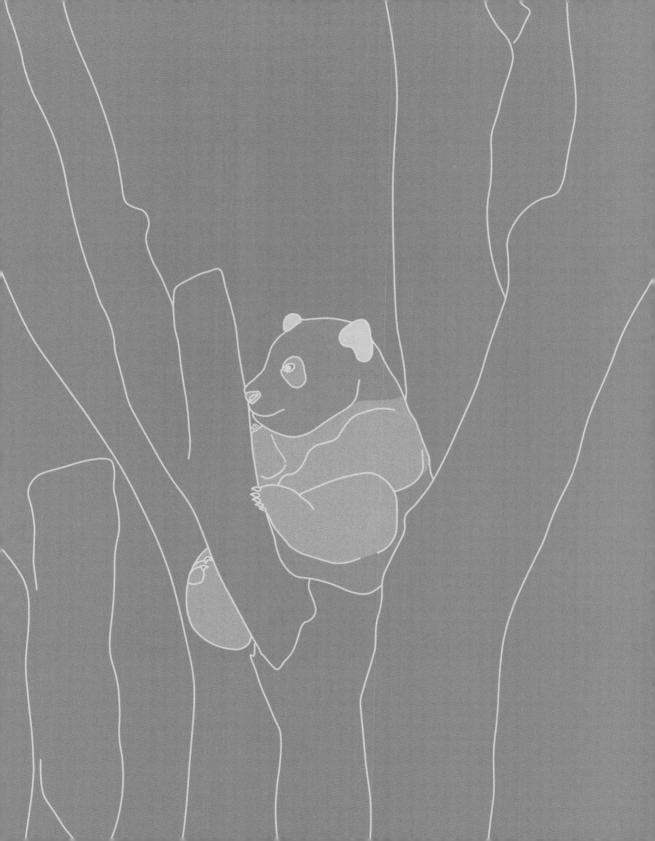

말괄량이 푸바오는 못 말려

푸바오는 흙 놀이를 참 좋아합니다. 매일 땅에서 뒹굴고 흙먼지를 뒤집어쓰며 놀지요. 하얗고 까만 게 매력인 판다의 본분을 잊은 채 말이에요. 엄마 아이바오는 걱정하면서도 딸 푸바오를 말없이 지켜봅니다.

엄마의 사랑이 이런 거겠죠?

17

Baby Panda Fubao

판다와 대나무와 죽순

판다답게 대나무와 죽순에 관심을 보이는 푸바오. 아직 먹지는 못하지만, 곧 맛있게 먹을 날이 오겠지요. 그날을 위해 오늘도 열심히 신선하고 맛있는 대나무와 죽순을 준비합니다. 푸바오한테는 아직 대나무와 죽순이 놀잇감인 듯하지만요.

18

Baby Panda Fubao

훌쩍 커 버린 아기 판다

푸바오의 몸무게가 30kg이 넘었습니다. 이제 안아서 들어 올리기가 벅찰 정도지요. 푸바오를 잘 보살피기 위해 체력 훈련을 부지런히 하고 있지만, 푸바오의 성장을 따라잡기에는 역부족인 듯합니다. 그래도 무럭무럭 예쁘게 잘 커 가는 푸바오를 보면 힘이 불끈 샘솟습니다.

덩치는 몰라보게 커졌지만, 푸바오가 엄마 아이바오와 노는 모습을 보면, 또 놀아 달라고 제 다리를 잡고 늘어지는 걸 보면 아직도 영락없는 아기입니다.

19

Baby Panda Fubao

숲으로의 외출

방사장이 아닌 바깥 숲으로 외출을 나간 날입니다. 푸바오는 겁도 없이 높은 나무를 잘도 올랐습니다. 순식간에 나무 꼭대기까지 올라가는 걸 보고 깜짝 놀랐습니다. '푸바오가 언제 저렇게 컸지?'

푸바오가 기특하면서도 마음 한구석이 뭉클해집니다.

높이 더 높이

무림의 고수처럼 나무 꼭대기에서 망중한을 즐기는 푸바오. 푸바오가 바라보는 저 높은 세상은 어떤 느낌일까요?

Epilogue

한 생명체의 탄생을 맞이하고, 자라는 매 순간을 함께하면서

말은 통하지 않아도 마음이 통하는 것이 무엇인지 알았고,

자연에서 오는 존재의 특별함과 소중함을 느꼈습니다.

모든 생명체의 인연이 영원할 수는 없지만,

언젠가 이곳을 떠나 자신의 삶을 살아갈 푸바오가

지금처럼 건강하고 밝게 살아가기를…….

그리고 엄마 아이바오처럼 좋은 엄마 판다가 되기를…….

푸바오! 사랑해!

판다 할아버지
강철원 사육사의 10문 10답

Q1 판다는 하루에 몇 시간 자나요?

보통 19~20시간 정도 잠을 잡니다. 판다는 주·야행성으로 낮에도 대나무를 먹고 잠을 자고, 밤에도 대나무를 먹고 활동하다 잠을 자지요. 육식 동물의 소화 기관을 갖고 있어서 대나무를 제대로 소화시키고 흡수하지 못해 6시간 정도면 먹은 것을 배설합니다. 그러다 보니 에너지 사용을 줄이기 위해 많이 자고, 많이 먹어서 영양소를 얻기 위해 노력하는 거예요. 그래서 판다의 활동 시간을 분석해 보면 먹는 시간과 자는 시간으로만 구분될 정도랍니다.

Q2 아기 판다가 엄마랑 함께 지내는 기간은 얼마나 되나요?

아기 판다가 엄마랑 같이 사는 기간은 18~24개월 정도입니다. 판다는 철저하게 단독 생활을 하는 동물이라, 아기 판다는 스스로 생활할 수 있는 연령이 되면 엄마 곁을 떠나 혼자 살아가지요. 그래서 아빠랑도 같이 생활하지 않는 거예요. 아빠 판다는 짝짓기가 끝나면 바로 떠나서 혼자 살아가고, 엄마 판다는 임신, 분만, 육아를 모두 책임지게 됩니다. 육아를 하는 동안 아빠 판다는 종족 번식을 위해 다른 번식기의 암컷을 찾아 만납니다.

Q3 아기 판다는 언제부터 대나무를 먹을 수 있나요?

판다는 보통 생후 9개월~1년 정도 되어야 대나무를 먹습니다. 그 전에 죽순이나 대나무를 씹어 보고 조금씩 삼키면서 먹기 연습을 하지요. 엄마 젖은 하루 한 번 정도 먹는데 워낙 소화 흡수율이 높아 건강히 잘 큰답니다. 어른 판다가 되면 대나무잎과 두꺼운 줄기도 척척 먹게 되지요. 판다의 이빨은 딱딱한 대나무를 씹고 자르기 좋게 되어 있거든요. 껍질은 소화 기관이 다칠 수 있어서 다 벗겨 내고 속 줄기만 먹어요.

Q4 아기 판다는 똥을 얼마나 자주 누나요?

아기 판다는 2~3주 만에 한 번씩 똥을 누어요. 다른 동물과 달리 자주 똥을 누지 않지요. 태어난 지 4개월까지는 엄마가 마사지를 해 주어 배변을 유도하는데, 그 이후부터는 엄마의 도움 없이 혼자서도 똥을 눌 수 있어요.

Q5 아기 판다가 어른 판다가 되려면 몇 년이 걸리나요?

판다는 생후 5년 정도가 되어야 어른이 됩니다. 그때가 되면 이성 친구를 사귀고, 아기 판다를 낳을 수 있게 되지요. 어른이 되면 큰 대나무도 쓰러뜨려 잎과 줄기를 모두 먹을 정도로 힘이 세져서 천적이 거의 없답니다.

Q6 아기 판다가 높은 나무에 오르는 건 위험하지 않나요?

판다는 다른 동물에 비해 앞발로 끌어안는 힘이 아주 강해서 나무를 잘 오를 수 있어요. 나무를 앞발로 끌어안은 뒤, 뒷발을 올려 발톱으로 지지한 다음에 다시 앞발을 올려 윗부분을 끌어안고 다시 뒷발을 올려 지지하는 행동을 반복하면 아주 높이 오를 수 있지요. 아기 판다는 생후 5~6개월이 되면 걸음마를 배우듯이 나무를 오르고 떨어지는 연습을 많이 해서 7개월 정도가 되면 나무 타기 선수가 됩니다. 워낙 유연하고 튼튼한 골격을 가지고 있어서 떨어져도 잘 다치지 않고 나무를 잘 타게 될 때까지 계속 연습을 하지요. 능숙해지면 약 30m까지도 올라갈 수 있어요. 판다는 자신의 체중이 실려도 부러지지 않고 오를 수 있는 나무를 잘 구별해 내요. 또한 천적을 피해 안전하게 쉬고, 편히 잠잘 수 있기 때문에 먹는 시간 빼고 대부분 나무 위에서 생활한답니다.

Q7 아기 판다가 흙먼지로 지저분해지면 목욕을 하나요?

아기 판다는 따로 목욕을 하지 않아요. 판다의 털은 아주 빽빽하고 치밀해서 먼지나 흙이 깊숙이 들어가지 않아 금방 깨끗해지지요. 보통 건강한 동물들은 자신의 털을 깨끗하게 잘 관리해요. 판다는 더운 것을 싫어해서 몸에 열이 나거나 더우면 물속에 들어가 놀면서 열을 식혀요. 그때 물장난을 치는 것이 목욕이라고 할 수 있지요. 아기 판다는 엄마가 핥아서 깨끗하게 돌보아 준답니다.

Q8 판다는 죽순도 좋아하나요?

죽순은 판다가 좋아하는 최고의 영양 간식이에요. 대나무가 자라기 전의 새순이라 아주 맛나고 연하며 영양분이 많기 때문이지요. 그런데 우리나라에서는 죽순을 보통 4월 중순~6월 중순까지만 구할 수 있어요. 그때 집중적으로 죽순을 구해 판다가 영양분을 흡수할 수 있도록 하지요. 아이바오를 위해 죽순을 초저온(영하 70~80℃)으로 급속 냉동해 영양소가 파괴되지 않도록 저장해 두었는데, 푸바오가 태어난 후 식욕을 잃은 아이바오가 맛나게 먹었답니다.

Q9 아기 판다의 암수 구별은 어떻게 하나요?

아기 판다는 외관상 암컷과 수컷의 차이점이 없어요. 보통 일반 동물들은 외부 생식기나 신체의 차이점으로 쉽게 구별되는데, 판다는 외관이 똑같고 외부 생식기도 드러나 있지 않아 판단하기 힘들지요. 다만 생후 3년 정도가 되면 수컷의 고환이 밖으로 드러나기 시작해 그때서야 암컷과 수컷의 구별이 가능해진답니다.

Q10 푸바오의 엄마 아이바오는 어떤 엄마인가요?

아이바오는 훌륭한 엄마 판다예요. 아이바오가 푸바오를 함부로 대한다고 걱정하는 분들이 있는데, 엄마 판다가 아기 판다를 공격하는 건 아니에요. 놀이를 통해 야생에서 천적을 만났을 때 공격과 방어를 할 수 있도록 교육시키는 거랍니다. 엄마는 아기 판다가 다치지 않도록 힘 조절을 하며 돌보고, 아기 판다가 독립 후에 야생에서 혼자 살아가는 방법을 가르쳐 주는 거예요.